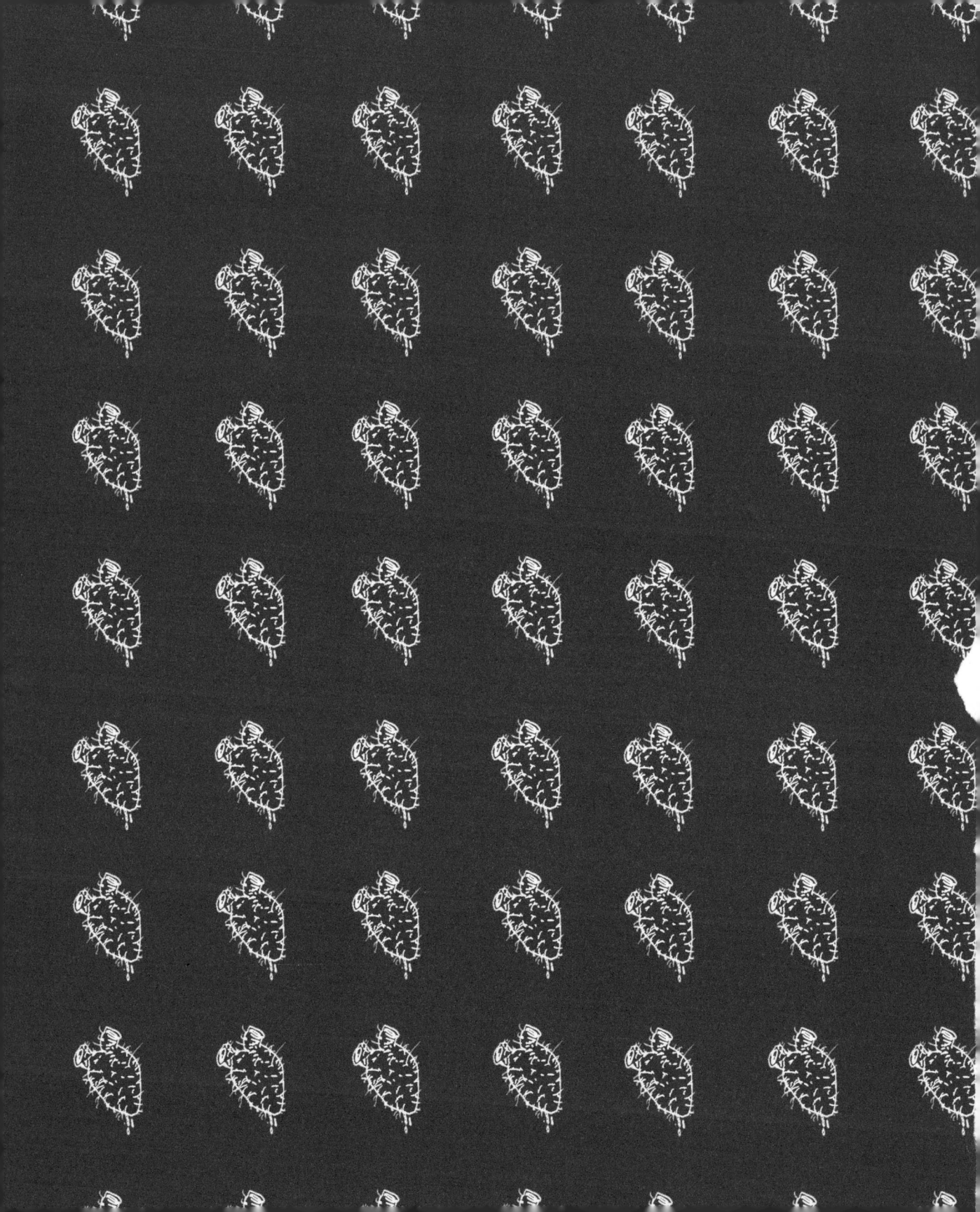

FiLOSOFiAS
BARATAS
mE
SÃO
AS
mAiS
CARAs.

Filosofias baratas me são as mais caras.

Orlando Pedroso.

São Paulo
2014

global editora

PREFÁCIO.

FILOSOFAR SÓ É POSSÍVEL SE NÃO FOR A SÉRIO. Debruçado num peitoril imaginário, Orlando percorre o panorama visto da fronte. Mira sua luneta de grafite na direção da multidão invisível. São seres que transitam sem serem notados, porém Orlando os torna notáveis. Focados um a um, agrupados às dezenas, cruzam a linha de perspicácia do artista e ali estacam, apanhados em flagrantes tragicômicos. É assim, capturados em cruciais momentos de inexistência física, que ganham corpo e voz. E é encorpados e empostados que filosofam a baixo custo. Mal suspeitam do destino que Orlando lhes traçou: inquilinos de um condomínio sentimental, onde o cotidiano sucede em agruras e amarguras, dores e humores, lirismo e ostracismo, estribilhos e trocadilhos. Poderia ser infernal – se o síndico que brande o lápis não fosse brando com a condição inumana. Daí o mix harmonioso entre misérias e pilhérias. Atento aos tipos enervados que observa, Orlando os retrata como quem repovoa antigo cortiço desabitado: pincela expressões e pigmenta emoções, são criaturas que não são caricaturas. O resultado é uma galeria de perfis fugazes como um flash, grafados em ângulos inesperados e triângulos não superados. Nem por isso vibram pouco ou vivem menos. Trocentos críveis e bem esboçados personagens, delineados do passional ao poético, do picante ao patético, e que vão além: até a não mera semelhança conosco. (Alguns evocam criações do Dalton Trevisan, outros do Marcos Rey, uns do João Antônio, só pra ficar em três brilhantes.) Filósofo também quando sem caneta e papel, o admirável Orlando faz aqui antologia dos ditos populares, do duplo sentido, do nonsense. Sutil homenagem a partes da linguagem que arrebatam e engraçam cenas da humanidade em meio a devaneios amorosos e delírios belicosos. Orlando, dotado com a volúpia de desenhar, é um dos mais afiados frasistas do Brasil, este concorrido celeiro de fazedores de frases. Só ele, talentoso em tantas ferramentas, poderia registrar instantâneos que duram uma eternidade.

FRAGA.
PORTO ALEGRE, INVERNO DE 2014.

FILOSOFIAS BARATAS ME SÃO AS MAIS CARAS.

Aponto meu lápis, minha lança.

DORMIR
É
UM ATO
DE EGOISMO
COMO UM
PEQUENO
SUICÍDIO
DIÁRIO

A CAMISA COLORIDA DISFARÇAVA SEU HUMOR NEGRO.

SE É O TEU DESEJO
AJOELHO DIANTE DE TI
E SOMO.
SE É O MEU DESEJO
AJOELHO DIANTE DE TI
E COMO.

Achava ele um grosso, a começar pelo pau.

FiLOSOFiAS

Até aqui tudo bem? perguntava depois de lhe tirar o fôlego.

AMAVA
A
NATUREZA
E
ERA
FEIO
PRA,
DEDÉU.
FEZ
OGRONOMIA.

FILOSOFIAS

AMOR É LUA CHEIA. DEPOIS, MINGUANTE,

AQUELA BUNDA
NÃO É DE BRANCA
NÃO É DE NEGA
SÓ MEIA HORA DEPOIS DO NARIZ É QUE ELA CHEGA.

A ÚNICA QUE LHE SORRIU EM VIDA FOI A MORTE,

Filosofias

Cabeleireiro, o dia vá ser xingado de barbeiro no trânsito.

ORLANDO

CHOROU-LHE O PINTO ATÉ QUE CANTASSE DE GALO.

CÓ

FiLOSOFiAS

COM DUPLA PERSONALIDADE, ERA SEMPRE AQUELE DO MEIO.

TINHA DIREITO A TRÊS DESEJOS. SÓ QUIS UM QUE NÃO ACABASSE NUNCA.

FiLOSOFiAS

Cuidava da vida se matando um pouco por dia.

DECIDIU FICAR INFELIZ E FICOU FELIZ COM SUA DECISÃO,

Abrir o olho, acordar.

Fechar o olho, dormir.

Entre isso, nada.

FILOSOFIAS

SE MENTE, NÃO NASCE.

Como acredito na vida eterna, morro de amor e logo desmorro.

A MELHOR COISA DO MUNDO É AQUELA COISA.

FiLOSOFiAS

A QUÍMICA ENTRE ELES ERA UMA QUESTÃO FÍSICA.

ORLANDO

DO
CU
SE
VÊ

O OUTRO
LADO
DAS
PESSOAS

FiLOSOFiAS

O VULCÃO CHAMADO DESEJO NÃO PARA DE FAZER BARULHO

ARRASTA O PÉ NUMA VALSA TORTA. ELE CINTURA DURA, ELA UMA PAIXÃO MORTA.

Filosofias

Chora, desgraçado. Pra você não volto nunca mais.

BATIA NA MULHER, XINGAVA DE CADELA. SÓ PRA DEPOIS SENTAR NA CAMA E CUIDAR DAS DORES DELA.

FiLOSOFiAS

CASARAM EM COMUNHÃO DE BENS E DIVIDIAM O MESMO AMANTE.

DESALMADO!, DISSE A MULHER AO MARIDO ATEU.

FiLOSOFiAS

ACHARAM UM MANUSCRISTO DE JESUS.

ORLANDO

DEUS, VOCÊ É INACREDITÁVEL!

FiLOSOFiAS

DEUS FEZ O HOMEM À SUA IMAGEM E SEMELHANÇA POR PURA SACANAGEM.

CLARO QUE EU MINTO, MAS EU MINTO DE VERDADE.

FILOSOFIAS

DURANTE A GRAVAÇÃO, NO TERCEIRO EU TE AMO NÃO POSSO VIVER SEM VOCÊ, JÁ ESTAVA PERDIDAMENTE APAIXONADA PELO ATOR CANASTRÃO.

ORLANDO

FEZ UM PLANO DE SAÚDE:

NÃO FICAR DOENTE NUNCA.

FILOSOFIAS

Eu tinha um amigo. Meu amigo já morreu. Uma pena, veja só: meu amigo era eu.

ORLANDO

SOU UM CARA RICO DE RIMAS POBRES

FILOSOFIAS

AQUELE MAPA ASTRAL, VOCÊ NÃO DESENHOU.

VOCÊ NÃO ME CONHECE, TAMBÉM NÃO SEI QUEM SOU.

CLARO QUE ESTOU INTEIRO, INTEIRO AOS PEDAÇOS.

FiLOSOFiAS

COMO CEBOLA, VOCÊ ME CORTA, E TE FAÇO CHORAR.

ESCREVI UMA CARTA. NUNCA MANDEI. A RESPOSTA NÃO VEIO. SABIA, POR ISSO NÃO MANDEI.

FiLOSOFiAS

FUI LER SEU EMAIL.
EMAIL TINHA NÃO.

LI CARTAS ANTIGAS DE OUTRA PAIXÃO.

ERAM
UM
CASAL
DANÇANDO
UMA
VALSA
ASSIM:
UM
PRA
LÁ,
OUTRO
PRA
CÁ.

FILOSOFIAS

FIZ UM DOCE COM MUITO AÇÚCAR, ELE MELOU.

FIZ OUTRO COM MUITO AFETO, ESSE AZEDOU.

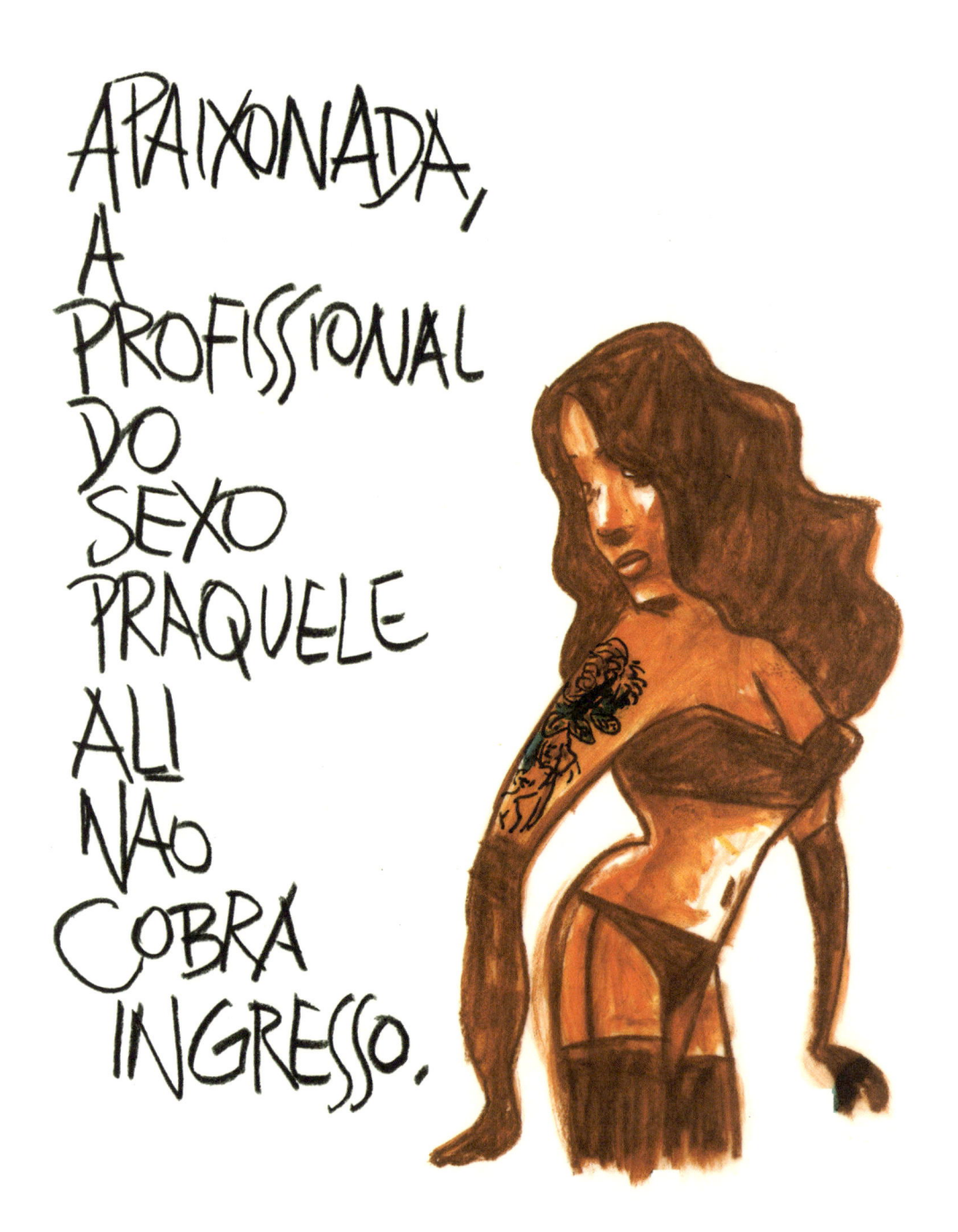

APAIXONADA, A PROFISSIONAL DO SEXO PRAQUELE ALI NÃO COBRA INGRESSO.

Filosofias

Ficava molhadinha quando era tratada secamente.

ORLANDO

COMO
DIRIA
MEU
PAU,
O QUE
VALE É
A
BELEZA
INTERNA

Filosofias

GOSTAVA TANTO DE SEXO QUE TINHA OS DOIS

ORLANDO

VOU BEBER ATÉ TE AFOGAR.

FILOSOFIAS

BEBE.
— SÃO OS BICHOS QUERENDO SAIR.

ORLANDO

GARÇOM, UM HABEAS COPUS PARA O MEU CLIENTE AQUI, POR FAVOR!

Filosofias

Volte sempre, disse, por força do hábito, a balconista ao ladrão de ocasião.

ORLANDO

DÍZIMO COM QUEM ANDAS QUE TE DIREI QUEM ÉS.

FiLOSOFiAS

VOLTEI, VOLTEI MELHOR, SACUDI A POEIRA E MELHOREI PRA PIOR.

DETESTAVA CIGARRO MAS SÓ LEVAVA FUMO.

FiLOSOFiAS

ENTRA POR UM OUVIDO E SAI PELO OUTRO.

GRITO, BERRO E BOTO UM OVO. AMANHÃ EU RECLAMO E BOTO DE NOVO.

FiLOSOFiAS

INCANSÁVEL, O SAPATEIRO TRABALHA DE SOLA A SOLA.

ORLANDO

INSEGURO E AFLITO COMO MÓVEIS EM DIA DE MUDANÇA.

FiLOSOFiAS

LAMPEÃO, O CANGACEIRO OPERÁRIO

Moça fina, só fazia vista grossa.

FILOSOFIAS

NAS COMPRAS ALIVIAVA SUA ALMA VENDIDA

TÃO BAIXO QUE NÃO BATIA NEM EM SEU PRÓPRIO OMBRO,

Filosofias

Viciado em palavras cruzadas, nunca achava um nome que cruzasse com o seu.

A RECEITA MÉDICA LHE RECOMENDAVA MAIS SEXO. SEM PROBLEMAS, PASSOU A SE AUTO-MEDICAR DUAS VEZES AO DIA.

FILOSOFIAS

ALÉM DE CABEÇA DURA, BUNDA MOLE.

VIDA ACONTECE PARA QUALQUER UM, SÓ NÃO ESPERE SER O SORTEADO.

FiLOSOFiAS

PARA ELE, BROXAR ERA MOLEZA.

PARTIU PARA BELÉM, ATRÁS DOS CÍLIOS DA NAZARÉ.

FiLOSOFiAS

PERGUNTEI-LHE COMO ESTAVA PASSANDO, ELA DISSE: ASSIM. E PASSOU.

O TROMBONISTA FOLGADO LEVAVA A VIDA NA FLAUTA.

FiLOSOFiAS

O PIANISTA SE INTERESOUL MUITO PELA CANTORA DE BLUES.

ORLANDO

MEU AMONTOADO DE ERROS ME FAZ O HOMEM CERTO PARA VOCÊ.

FiLOSOFiAS

VIÚVO, CADA VEZ QUE ELA MORRIA DE AMORES POR ELE.

CAÇADOR, CAI SEMPRE NAS ARMADILHAS DO AMOR QUE ELE MESMO CRIA.

FiLOSOFiAS

ELA
DORME
NUA.
ELE
DE
PIJAMA.
ELE
DORME
PESADO.
ELA
ROLA
PELA
CAMA.

ELA É UM DOCE DE MULHER E EU COM ESSA BOSTA DE DIABETES

FiLOSOFiAS

VI VOCÊ PASSAR E A VONTADE DE TE VER DE NOVO NUNCA MAIS PASSOU.

ELA TEM MEL E FAZ DOCE PRA CIMA DE MIM.

FILOSOFIAS

No beijo eram um. No sexo, eram dois. Na brincadeira, pra variar, três, quatro ou mais...

Livro de contos, queria porque queria ser um romance com começo meio e fim.

FILOSOFIAS

ELE SE APAIXONOU PELA TERAPEUTA.

ELA, PELO PEDIATRA.

ERRO, UM ERRO, UM ERRO MEU.

ACERTASSE, MAIOR SERIA O ERRO.

SEM ERRO, NÃO SERIA EU.

FiLOSOFiAS

NINGUÉM TE QUER

COMO EU

Feliz, bateu no fundo do poço, era um poço dos desejos.

ENTERRO, VOU NO MEU E AINDA ASSIM, SE FOR CARREGADO.

DESPENCOU
PENHASCO
ABAIXO

FOI
SALVO
PELA
CORDA
PRESA
NO
PESCOÇO.

FILOSOFIAS

Descontente com o serviço, apresentou uma gueixa crime contra a japa.

ORLANDO

HELP! HELP! GRITAVA O GRINGO NO LARGO DO SOCORRO,

FiLOSOFiAS

DO CÉU AO INFERNO É SÓ UM LANCE DE ESCADA.

LÁ
LÁ-LÁ-LÁ
LÁ-LÁ-LÁ
LÁ-LÁ
LÁ-LÁ-LÁ
LÁ-LÁ
LÁ
OU
AQUI

FiLOSOFiAS

NÃO SEI NADA DE NADA.

OBRIGADO.

DE NADA.

ZAGUEIRÃO, PERGUNTAVA AO CENTRO-AVANTE SE ELE SEMPRE SENTIA A SUA FALTA

FiLOSOFiAS

NA SECA, PALMAS PARA AS VACAS!

ORLANDO

MENTIROSO CONTUMAZ, SÓ COMPRAVA PRODUTOS COM JURO ZERO.

FiLOSOFiAS

NASCI PRA FAZER O BEM E FAÇO ISSO BEM MAL.

Acordou azeda, foi dormir podre.

FiLOSOFiAS

COMPROU
ALFACE, CHICÓRIA E TOMATE?
COMPROU
CENOURA, BETERRABA E MATE?
COMPROU
MANJERICÃO, SALSINHA E ABACATE?
LEMBROU
QUE NOSSA FOME
NÃO TEM COMIDA QUE MATE?

ORLANDO

Cortava cebolas na tentativa de correr uma lágrima sincera.

Em minha poesia seus olhos rímel com os meus.

VI UM AMOR QUE ERA PRA MIM. QUANDO ME DEI CONTA, FOI. FOI-SE. FIM.

FiLOSOFiAS

Era uma saudade dessas que não ata nem desata de saudade não se pode ter do- saudade a gente encara e mata.

BRASA, FERVIA OS HOMENS ANTES DO FATAL BALDE DE ÁGUA FRIA

FiLOSOFiAS

Cansado de fazer uma coisa atrás da outra, resolveu fazer atrás do outro.

DE MINHA DOR E PRAZER
É DONA E SENHORA.
METE
UM
BEIJO
NA
BOCA,
METE
NA
LOMBA
A
ESPORA.

FiLOSOFiAS

DE QUATRO, RENASCEU COM O CU VIRADO PRO LUA.

ORLANDO

Diante
de
seu
corpo,
minha
igreja,
rezo
uma
Ave-
-Maria
e
um
Pai-
-Nosso.

FiLOSOFiAS

E AÍ, O QUE TÁ PEGANDO?

PICAS.— DISSE ELA.

E como te vejo, como te quero, como te disponho, como-te.

FiLOSOFiAS

ELE ERA SÓ CABEÇA, TRONCO E MEMBRO.

ERA DESSAS QUE GOSTAVA DE ARRANHAR ATÉ O DIA QUE ENCONTROU UM QUE GOSTAVA DE SOCAR

FiLOSOFiAS

LUA CHEIA,
OS PELOS
COBREM
MEU CORPO
NU.
MEIO HOMEM,
MEIO LOBO
E
UMA
VONTADE
INCONTROLÁVEL
DE
CHEIRAR
UM
CU.

Em seu hotel sempre havia vagas para desarrumadeira.

FILOSOFIAS

Magricela, era uma tábua boa de passar ferro.

ESTRANGEIRA OU NÃO, A LÍNGUA DOS AMANTES É SEMPRE A MESMA: UMA ENROLADA NA OUTRA.

Filosofias

Poeta, usava vestido tomara que haikaia.

ORLANDO

GOODBYES SÃO ALWAYS BADBYES

FiLOSOFiAS

FUI NA SUA ONDA E ACABEI MORRENDO NA PRAIA.

ORLANDO

No quarto eram como dois estranhos no elevador.

FiLOSOFiAS

MESMO APAIXONADAS, AS TARTARUGAS DECIDIRAM MORAR EM CASAS SEPARADAS.

ORLANDO

EI! VOCÊ SABE COM QUEM EU ACHO QUE VOCÊ ESTÁ FALANDO?

FiLOSOFiAS

IT'S NAU OR NEVE, PENSOU O FAMOSO EXPLORADOR.

CABEÇA DURA, MIOLO MOLE. TEIMOSIA NÃO É PRA QUEM QUER, É PRA QUEM PODE.

FiLOSOFiAS

VOCÊ É A CARA DO MEU PAI

VOCÊ TAMBÉM DO MEU.

ESTAVA COMPLETAMENTE CERTO: ESTAVA COMPLETAMENTE ERRADO.

FiLOSOFiAS

ESTE SCRIPT TÁ ESQUISITO DE FATO. DE NOVO O PAPEL DE PATO?

ORLANDO

EU
ERA
UMA
ROSA.
AGORA,
COMIGO
NINGUÉM
PODE.

FILHA DA PUTA SAFADO SE ENFORCOU NA CORDA QUE COMPROU FIADO.

MAS QUE FILMINHO MAIS CHINFRIM. JUSTO QUANDO SOU O MOCINHO, MORRO NO FIM.

FiLOSOFiAS

MEIO BANDIDO
MEIO MOCINHA

MEIO TROGLÔ
MEIO FLORZINHA

MEIO TAPADO
MEIO FACEIRO

SÓ ASSIM, CORTADO EM METADES, ME FAÇO UM INTEIRO.

Meu filho, como você cresceu! Da noite pro dia, ficou mais velho que eu.

FiLOSOFiAS

NA QUEDA LIVRE QUE O MINUTO VIRÁ 60 LONGOS SEGUNDOS.

ORLANDO

EU VINHA, NÃO VIM, A CABEI VINHO.

FiLOSOFiAS

NÃO ERA PRA SER ASSIM:

MOCINHO NO COMEÇO, BANDIDO NO FIM.

ORLANDO

UM PAPEL EM BRANCO E EU.

AMBOS ESPERANDO UMA HISTÓRIA ACONTECER.

FiLOSOFiAS

No balcão da Kopenhagen, moça diz: moço, não me mate, mas sexo é melhor que chocolate,

NO BILHETE DO SUICIDA UM DESCULPE A BAGUNÇA AO LADO A GRANA DA FAXINA.

FiLOSOFiAS

TIVE UM PESADELO E ESTAVA ACORDADO

FIZ FORÇA PRA DORMIR, ELE CONTINUOU, PIORADO.

ORLANDO

O BOM É QUE O ANTIBIÓTICO NÃO CORTA O EFEITO DO ÁLCOOL.

FILOSOFIAS

Quanto mais eu bebo, mais ela parece tonta.

TENHO UM BICHO, MEIO MANSO, MEIO BRAVO, MEIO TORTO, MEIO RARO MEIO COMEÇO, MEIO FIM UM BICHO ASSIM DENTRO DE MIM.

FiLOSOFiAS

QUER UMA DOSE?

QUERO DOZE.

DECIDIU E PONTO. PENDUROU TODAS AS DÍVIDAS.

FiLOSOFiAS

ROMÂNTICO, O CANIBAL COMEÇA SUA REFEIÇÃO SEMPRE PELO CORAÇÃO

ORLANDO

NADA SE RESOLVE SOZINHO QUANDO SE ESTÁ SÓ

Filosofias

TRANSPLANTADO, PASSOU A AMAR ALGUÉM QUE NÃO TINHA A MENOR IDEIA DE QUEM FOSSE

ORLANDO

PROFESSOR DE MATEMÁTICA PROCURA MOÇA QUE SEJA SEU NÚMERO.

FiLOSOFiAS

QUARTO, COPA, COZINHA E UMA SALA DE VOCÊ ESTAR.

Romeu pediu a Julieta um beijo. O dela tem gosto de goiabada. O dele, de queijo.

Filosofias

TRAVESSEIRO
FOSSE
EU,
TE
BEIJAVA,
BEIJAVA,
BEIJAVA.

COBERTOR
FOSSE,
TE
DESCOBRIA,
DESCOBRIA,
DESCOBRIA.

No cardiologista, o percussionista, coitado, descobriu que sofre de arritmia.

Filosofias

O armário embutido estava se sentindo preso. O criado mudo não diz nada.

ORLANDO

PELO OLHO MÁGICO
ESPEREI MEU BEM VOLTAR.
BARULHO
NA
PORTA.
ERA
O
CARTEIRO
COM
MAIS
CONTAS
PRA
PAGAR.

FiLOSOFiAS

PEDRA SE PÔS A CHORAR. ROLOU LADEIRA ABAIXO E NÃO SABIA COMO VOLTAR.

PÉSSIMO, SUA MÚSICA ERA QUALQUER NOTA.

FiLOSOFiAS

PRA QUE TANTA PRESSA? — PERGUNTA O TAXISTA CARENTE ENQUANTO O PASSAGEIRO TENTA DESCER DO CARRO NOVAMENTE.

QUE BELOS ÓLEOS VOCÊ TEM, DISSE UMA OLIVA PARA A OUTRA.

FILOSOFIAS

ROMÃ
PAGÃ
ROMA
ROMÃ

171

SANIDADE ME FAZ UMA FALTA LOUCA!

FiLOSOFiAS

TWISTER, UMA DANÇA COM, NO MÁXIMO, 140 PASSOS.

ORLANDO

VI NA TV QUE O MUNDO ACABOU.

MUDEI DE CANAL, A REPRISE CONFIRMOU.

FILOSOFIAS

INVERTI. AGORA DEUS QUE REZE PARA QUE EU O ATENDA.

NOSSA, QUE CARA... QUEM MORREU?

VOCÊ, DISSE ELA.

FiLOSOFiAS

O ELEFANTE DEU UM PÉ NA BUNDA DA ESPOSA QUE SÓ VIVIA DE TROMBA,

ELE COZINHA TÃO BEM E COME ELA TÃO MAL, QUE ELA TOMARIA SOPA DE PEDRA TODOS OS DIAS.

FiLOSOFiAS

SÓ ME COBRA, A VÍBORA!

SEU
PRAZER
ESTAVA
SEMPRE
_A_
MÃO.

FiLOSOFiAS

PROFISSIONAL, A PUTA FAZIA SEMPRE SEU SERVIÇO NAS COXAS.

QUER ME VER OU QUER ME TER?

FiLOSOFiAS

Pulou o Carnaval e foi direto pra Semana Santa.

REZEI POR UM AMOR QUE FOSSE SÓ PECADO.

FiLOSOFiAS

SEM ROUPA É QUE A COISA ESQUENTA!

O MÉDICO FEZ SEXO COM UMA URGÊNCIA DE PRONTO SOCORRO.

Filosofias

A lesma interesseira torra sob o sol. Joga charme, manda beijo de olho na casa do caracol.

A 3X4 OLHEI DEVAGAR. ISSO AQUI TÁ ERRADO! ALGUÉM POSOU NO MEU LUGAR!

FiLOSOFiAS

CACHORRO, FAÇO DE CONTA SER OBEDIENTE.

PRATICAMENTE UM GATO.

BEIJOU-ME AS COSTAS ONDE ESTAVA A FERIDA DE SEU PUNHAL.

FiLOSOFiAS

ORLANDO PEDROSO

é ilustrador, cartunista e artista gráfico.
Nasceu na cidade de São Paulo
em fevereiro de 1959.
Ganhou uma medalha de melhor
redação quando estava no primário,
hoje a primeira metade do Ensino
Fundamental. Era sobre passarinhos.
Começou a colecionar frases que lhe
são sopradas no ouvido ao longo do dia
e em noites de insônia.
Portanto, duas coisas: este é um livro
de texto, não de desenhos (que são
somente penduricalhos para enfeitar
as páginas).
E este é um livro que tem a coautoria
desse soprador desconhecido.

© **Orlando Pedroso 2014**
1ª Edição, Global Editora, São Paulo 2014

Jefferson L. Alves
DIRETOR EDITORIAL

Flávio Samuel
GERENTE DE PRODUÇÃO

Danielle Sales
COORDENADORA EDITORIAL

Thaís Fernandes
ASSISTENTE EDITORIAL

Cacilda Guerra, Rosalina Siqueira e
Deborah Stafussi
REVISÃO

Marcelo Martinez/Laboratório Secreto
PROJETO GRÁFICO E CAPA

Cecília Laszkiewicz
FOTO DO AUTOR

Obra atualizada conforme o
NOVO ACORDO ORTOGRÁFICO DA LÍNGUA PORTUGUESA

CIP-BRASIL. CATALOGAÇÃO NA PUBLICAÇÃO
SINDICATO NACIONAL DOS EDITORES DE LIVROS, RJ

P416f

    Pedroso, Orlando
    Filosofias baratas me são as mais caras / texto e ilustração
Orlando Pedroso. - 1. ed. - São Paulo : Global, 2014.

    ISBN 978-85-260-2117-4

    1. Humorismo brasileiro. I. Pedroso, Orlando. II. Título.

14-15625   CDD: 869.97
                                        CDU: 821.134.3(81)-7

global editora
Direitos Reservados

Global Editora e Distribuidora Ltda.
Rua Pirapitingui, 111 – Liberdade
CEP 01508-020 – São Paulo – SP
Tel.: (11) 3277-7999 – Fax: (11) 3277-8141
e-mail: global@globaleditora.com.br
www.globaleditora.com.br

Colabore com a produção científica e cultural.
Proibida a reprodução total ou parcial desta obra
sem a autorização do editor.

Nº de Catálogo: **3776**

ORLANDO

ANOS ESCREVENDO SUA PRÓPRIA HISTÓRIA.

MORREU SEM SABER O FINAL.

FiLOSOFiAS

"ME DEIXA EM PAZ!"
PODIA
SER
UM
BOM
COMEÇO
PRUM
ROMANCE
MAS
ERA
O
FIM.

SEU
PINTO
É
MEU
AMIGO.

SEU PINTO

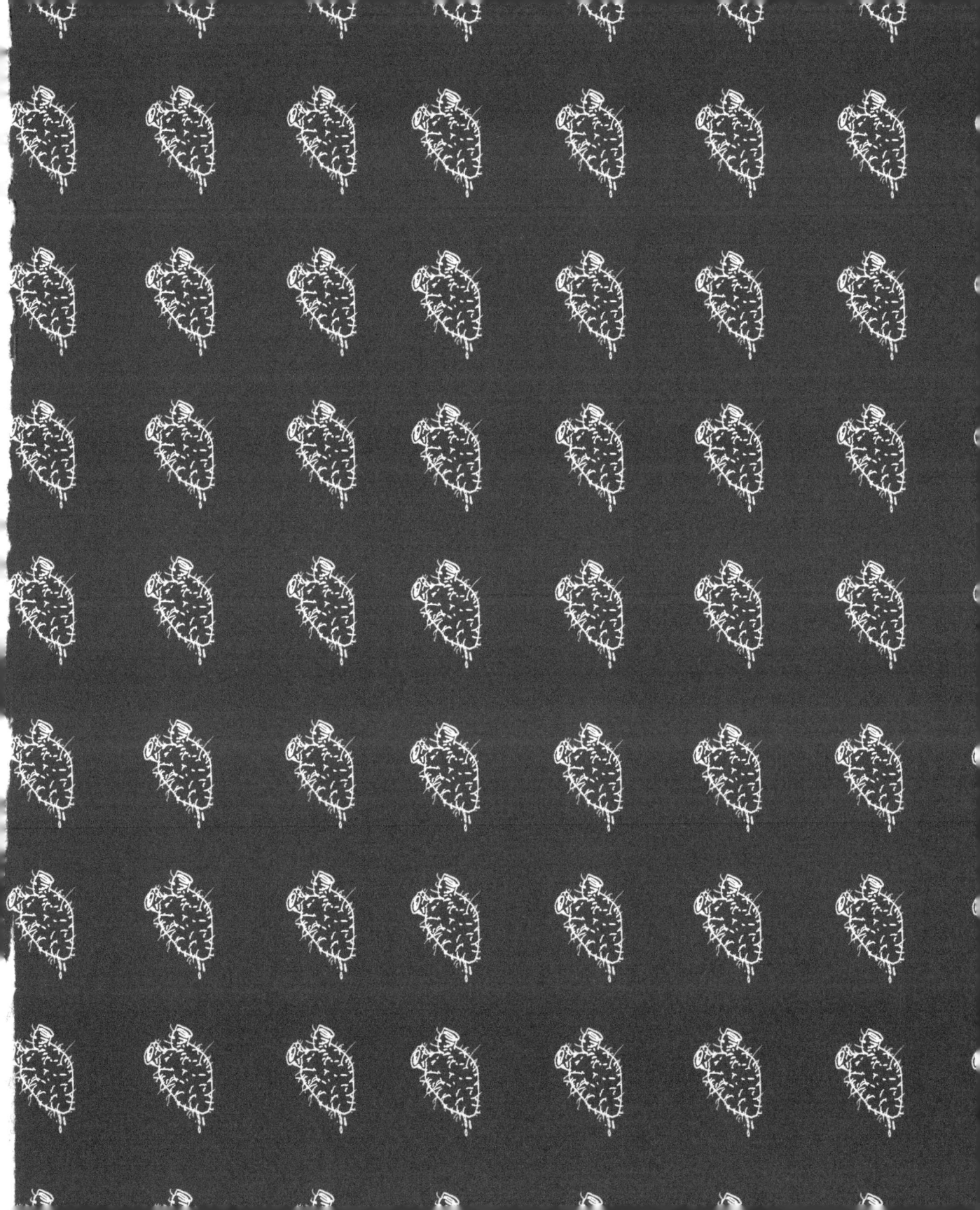